AF346715

TRAITEMENT

DU RHUMATISME

PAR LES EAUX MINÉRALES,

PAR

M. le Dr A. BILLOUT,

Membre de la Société d'hydrologie médicale de Paris,
Médecin consultant aux eaux de Luxeuil.

PARIS

GERMER BAILLIÈRE, LIBRAIRE-ÉDITEUR

RUE DE L'ÉCOLE-DE-MÉDECINE, 17

1861

TRAITEMENT

DU RHUMATISME

PAR LES EAUX MINÉRALES,

PAR

M. le Dr A. BILLOUT,

Membre de la Société d'hydrologie médicale de Paris,
Médecin consultant aux eaux de Luxeuil.

Si nous parcourons les nombreuses monographies qui traitent des différentes eaux minérales, nous remarquerons qu'il n'en est peut-être pas une seule qui ne réclame le traitement du rhumatisme. En devons nous conclure que toutes les eaux minérales ont la propriété réelle de guérir le rhumatisme, cette maladie si diverse de formes ; ou bien qu'un sentiment de paternité un peu exagéré peut-être a entraîné le plus grand nombre des auteurs à étendre un peu trop loin la vertu des eaux qu'ils ont décrites, ou auprès desquelles ils exercent ?

Assurément il n'est pas douteux qu'un grand nombre d'eaux minérales ne puissent revendiquer le traitement du rhumatisme. Examinons cependant s'il n'est pas possible d'établir quelques principes à l'aide desquels nous puissions fixer quelques limites à cette application trop étendue du traitement thermal. Dans une des séances de la dernière session de la Société d'hydrologie, notre savant Secrétaire général nous a communiqué un fort intéressant travail, dans lequel nous trouverons une explication propre à nous guider dans la question qui nous occupe.

« La confusion qui a existé au sujet des applications
» thérapeutiques des eaux minérales, dit M. Durand-Fardel,
» provient surtout de ce que la plupart des observateurs
» spéciaux qui ont écrit sur les propriétés de telle eau
» minérale, ont rangé sur le même plan les résultats de
» leurs propriétés spéciales ou dominantes, et les résultats
» secondaires que les circonstances accessoires de toute
» médication thermale leur avaient permis de saisir auprès
» d'elles. »

Cette vérité si féconde en observations exactes semble avoir été écrite à propos du traitement du rhumatisme ; ces circonstances accessoires de la médication *thermale*, et je souligne à dessein le mot *thermale*, ne sont-elles pas en effet le plus souvent appropriées au traitement du rhumatisme en général ? Mais, d'un autre côté, ces propriétés spéciales ou dominantes ne trouveront-elles pas aussi leur application dans cette maladie ? Oui, sans doute, parce que cette maladie, ainsi que nous l'avons déjà dit, ainsi que nous ne saurions trop le répéter, se présente sous une foule de formes diverses, et qu'à chacune de ses formes doit s'appliquer un traitement différent, des eaux minérales de nature et de propriétés différentes.

Qu'est-ce donc en effet que le rhumatisme, cette maladie si variée dans ses formes, si capricieuse dans ses allures ?

Les différents noms qu'ont donnés au rhumatisme les auteurs qui l'ont étudié, sont les meilleures preuves de cette variété presque insaisissable qui doit surtout nous occuper.

Son appellation la plus ordinaire, celle qui a été générale-
ment employée, nous semble aussi celle qui lui convient
le mieux, parce qu'elle ne préjuge rien de sa nature réelle.
Pour nous qui avons surtout à nous occuper du rhumatisme dans ses rapports avec l'hydrologie, nous le consi-
dérons surtout comme une diathèse spéciale, car les eaux
minérales n'ont en rien affaire avec le rhumatisme aigu,
l'arthrite rhumatismale proprement dite. Cette réserve, ou
plutôt cette exclusion, est pour nous d'une très grande
importance, car nous trouvons dans ces deux formes de la
même maladie, les différences les plus tranchées, surtout au
point de vue qui nous occupe, la constitution du malade.

Le rhumatisme, au dire de la plupart des auteurs, attaque surtout les individus de constitution pléthorique,
chez lesquels le sang renferme une plus grande quantité de
fibrine, et donne, lorsqu'il est tiré de la veine, un caillot
couenneux et résistant. Cela est vrai en effet pour le rhumatisme aigu, mais en est-il de même pour le rhumatisme chronique? Le rhumatisme chronique, celui que
nous devons traiter par les eaux minérales, ne se rencontre-
t-il pas au contraire presque toujours chez les individus
lymphatiques, à constitution molle et fortement irritable,
dont le sang est peu fibrineux, et, sans aucun doute,
s'il était tiré de la veine, ne se couvrirait pas de cette
couenne résistante, presque spéciale au rhumatisme aigu?
Le rhumatisme chronique succède au rhumatisme aigu,
cela est vrai, mais il devient alors comme une maladie
nouvelle qui ne doit, pour ainsi dire, pas être considérée
comme une terminaison de la première. Expliquons-nous
du reste d'une manière bien positive à ce sujet. Un grand
nombre de maladies aiguës peuvent passer à l'état chronique sans pour cela changer de nature, sans s'emparer
en quelque sorte de la constitution du malade ; le rhuma-

tisme chronique succède aussi quelquefois à l'arthrite rhumatismale; mais ce n'est plus, pour ainsi dire, la même maladie, et cela est d'autant plus vrai, que, sans parler du rhumatisme chronique d'emblée, celui qui surtout nous intéresse, nous devons reconnaître d'une manière bien positive que le rhumatisme aigu change lui-même de nature lorsque ses manifestations se renouvellent. Cela tient-il à ce que le traitement employé dans le rhumatisme aigu a pu modifier la constitution du malade? Cette hypothèse est à la rigueur admissible : mais ce qu'il y a de bien certain, c'est qu'un malade qui a été atteint une première fois de rhumatisme articulaire aigu, de celui qui a exigé un traitement antiphlogistique bien formulé, éprouvera bien rarement, je pourrais presque dire n'éprouvera jamais une attaque semblable à la première ; et s'il est de nouveau atteint, ce sera presque toujours sous la forme chronique. Je dirai plus encore : le malade atteint une seule fois dans sa vie de rhumatisme articulaire aigu, d'arthrite rhumatismale, n'est point un rhumatisant proprement dit, mais un malade affecté d'une maladie inflammatoire que lui a valu sa constitution pléthorique, sous l'influence de causes accidentelles. Comparons maintenant l'étiologie de ces deux affections. Quelles sont les causes les plus fréquentes du rhumatisme aigu? Ne sont-elles pas communes à beaucoup de maladies inflammatoires ? D'abord et avant tout, la constitution pléthorique, l'abus des liqueurs excitantes, les habitudes d'une vie de plaisirs, enfin un refroidissement subit. Ces causes ne sont-elles pas entièrement différentes de celles qui engendrent le rhumatisme chronique ? Ici, en effet : nous trouvons en premier lieu la constitution lymphatique, l'habitation dans des lieux froids et humides, la privation des nécessités de la vie, puis avant tout une diathèse spéciale sans laquelle le rhumatisme chronique ne saurait exister. En résumé, donc, ces deux formes principales peuvent être considérées, pour ainsi dire, comme deux maladies de nature et de manifestations toutes différentes.

Maintenant que nous nous sommes expliqué sur ces différences si importantes, nous arrivons au traitement du rhumatisme. Nous avons dit déjà que les circonstances accessoires de la médecine thermale, et nous avons insisté à dessein sur ce mot *thermale*, sont d'une grande importance dans le traitement du rhumatisme. C'est qu'en effet la plupart des eaux à haute température et à minéralisation faible, double condition qui se trouve presque toujours réunie, sont applicables au traitement du rhumatisme en général ; cette haute thermalité est la condition spéciale, indispensable, de l'application des eaux minérales à ce traitement. Ainsi donc, avant d'entrer dans le détail des différentes formes du rhumatisme, nous dirons d'abord que les eaux minérales à haute température sont les eaux spéciales du rhumatisme, pourvu toutefois qu'elles présentent une installation et des moyens hydrothérapiques convenables.

Les eaux thermales sont employées dans le traitement du rhumatisme en bains, douches et étuves. On peut jusqu'à un certain point admettre une préférence pour les bains en piscine. Je n'ai pour ma part observé aucun avantage à employer ce mode de balnéation ; j'ai dû même souvent donner la préférence au bain en baignoire, parce que l'administration de la douche est alors plus facile, et que les malades ne sont ainsi exposés à aucune cause de refroidissement. Est-il préférable d'administrer la douche avant ou après le bain ? Ces deux systèmes offrent leurs inconvénients et leurs avantages ; mais il est d'usage plus général de donner la douche après le bain. La douche est sans contredit un puissant moyen dans le traitement du rhumatisme : il arrive souvent néanmoins qu'elle doit être employée avec les plus grandes précautions, surtout lorsque les malades rhumatisants viennent réclamer le traitement thermal peu de temps après la disparition de l'état aigu ou plutôt subaigu qui se montre aussi dans le rhumatisme chronique. Il arrive assez souvent qu'il faut supprimer l'usage des douches, parce qu'on voit survenir chez les malades de la douleur plus violente, de la rougeur autour des articulations atteintes. On doit surtout user des plus grandes précautions avec les malades sujets à certains accidents, ou atteints de certaines complications dont nous parlerons plus tard.

Les bains d'étuve sont employés avec succès dans le traitement du rhumatisme, surtout lorsqu'il est généralisé. Ce moyen hydrothérapique demande aussi à être très sagement administré, et exige une grande surveillance de la part du médecin.

Nous ne nous occuperons pas beaucoup de l'usage des eaux prises en boisson ; nous trouverons cependant quelques applications spéciales dans les différentes formes du rhumatisme.

En résumé, si nous voulons maintenant énumérer les différentes eaux minérales applicables au traitement du rhumatisme en général, nous devrons citer environ toutes les stations d'eaux thermales où l'on rencontre une installation hydrothérapique suffisante. Nous ne saurions mieux faire que de reproduire le tableau adopté par M. Durand-Fardel dans son savant *Traité thérapeutique des eaux minérales* :

Eaux sulfurées : Aix, Luchon, Ax, Baréges, Bagnols, Olette, Saint-Sauveur, Eaux-Chaudes, Gréoulx, Pietrapola, Acqui (Piémont), Viterbe (États romains), etc.

Eaux chlorurées sodiques : Bourbonne, Bourbon-l'Archambault, Balaruc, la Bourboule, Lamotte, Bourbon-Lancy, Luxeuil, Baden-Baden, Uriage, Aix-la-Chapelle, etc.

Eaux bicarbonatées : Mont-Dore, Néris, Chaudesaigues, Châteauneuf, Saint-Laurent, Tœplitz, etc.

Eaux sulfatées : Plombières, Bagnères-de-Bigorre, Évaux, Saint-Amand, Dax, Bains, Saint-Gervais, Baden (Suisse), etc.

Nous ne devons point oublier que les sécrétions de la peau jouent un très grand rôle dans l'histoire du rhumatisme. La plupart des eaux que nous venons de citer ont la propriété d'activer cette fonction; leur plus ou moins de vertu est dû à leur plus ou moins grande thermalité, à leur installation plus ou moins convenable et facile. Nous les retrouverons toutes en entrant dans le détail des différentes formes de rhumatisme, avec des distinctions réelles dans leur application, distinctions qui s'attachent surtout aux conditions particulières de l'organisme plus encore qu'aux manifestations du rhumatisme.

Nous avons dit et nous avons répété, que le rhumatisme dont nous nous occupons s'attaque surtout aux individus d'un tempérament mou et lymphatique : c'est là, pour nous, la forme type de cette maladie, et c'est contre elle que seront employées avec succès, en raison de leur thermalité et de leurs principes sulfureux, les principales eaux sulfurées à minéralisation moyenne.

Si le tempérament lymphatique offre une prédominance marquée, si nous avons affaire à des malades scrofuleux, nous aurons recours à des eaux sulfurées plus fortes, aux eaux chlorurées sodiques les plus minéralisées; nous ne craindrons pas, à moins de contre-indications formelles, d'employer auprès de ces mêmes eaux les moyens hydrothérapiques les plus énergiques, les bains prolongés, les douches répétées, les étuves et les douches de vapeur locales, surtout lorsque la douleur aura disparu entièrement ou sera très modérée.

Nous arrivons maintenant à cette forme de rhumatisme si fréquente, celle que l'on rencontre le plus souvent, le rhumatisme névropathique musculaire. Disons-le tout d'abord, le rhumatisme nerveux n'est pas la névralgie pure ; mais cette distinction importe peu à l'histoire du traitement. Dans cette forme si fréquente, les eaux sulfurées très actives, les eaux chlorurées sodiques fortes, ne sont pas seulement inutiles, mais elles sont formellement contre-indiquées, même chez les malades d'une constitution lymphatique.

En parlant du rhumatisme en général, nous avons dit que les moyens balnéothérapiques énergiques devront quelquefois être proscrits ou employés avec une très grande circonspection. Nous ne saurions trop insister sur cette recommandation à propos du rhumatisme nerveux, auquel conviennent surtout les eaux chlorurées sodiques ou bicarbonatées, faibles, et quelques eaux sulfatées. Nous prescrirons donc aux malades atteints de rhumatisme nerveux, musculaire, les eaux de Néris, Luxeuil, Bains, Plombières, etc. M. le docteur Lhéritier fait jouer un très grand rôle à l'arsenic contenu dans les eaux de Plombières ; ce qui nous semble le plus admissible, c'est que l'arsenic agit dans le rhumatisme nerveux comme le sulfate de quinine dans les névralgies pures.

Nous avons été à même d'observer de nombreuses guérisons de rhumatisme nerveux par les eaux de Néris ; les conferves si remarquables et si abondantes que l'on trouve dans ces eaux agissent peut-être d'une manière spéciale. Richon des Brus et quelques auteurs avec lui ont attribué à ces conferves une propriété calmante spéciale, analogue à celle des topiques mucilagineux. Notre honorable collègue de Laurès ne partage pas du tout cet avis, et a prouvé au contraire que ces conferves appliquées sur la peau y produisent une excitation légère ; cette excitation toute spéciale peut jouer aussi un rôle dans le traitement du rhumatisme. L'analyse des eaux de Bains n'indique aucun agent particulier qui doive donner à ces eaux quelque vertu thérapeutique particulière ; leur minéralisation est à peu de chose près la même que celle de Luxeuil et de Plombières.

Les eaux minéro-thermales de Luxeuil renferment quelque chose de plus spécial, de plus positif. L'établissement thermal sur lequel notre savant collègue M. Leconte vient enfin de publier une étude si consciencieuse et si intéressante, renferme à lui seul deux classes d'eaux minérales : des eaux salines qui possèdent les mêmes vertus thérapeutiques que celles de Bains, Néris, Plombières, et des eaux ferrugineuses très importantes. Nous n'avons pas l'intention de faire ici une description détaillée de ces différentes sources.

Qu'il nous soit permis seulement de dire quelques mots à propos de ces sources ferrugineuses à cause de ce qu'elles ont de spécial et, selon nous, de très important. Assurément le nombre des sources ferrugineuses que l'on rencontre partout est assez grand pour qu'on ne doive pas attacher une très grande importance à leur présence dans tel ou tel établissement. Si nous demandons à fixer un instant l'attention sur les eaux ferrugineuses de Luxeuil, c'est que, nous le répétons, elles se trouvent dans des conditions toutes spéciales qui rendent leur application plus utile dans un très grand nombre de maladies, et en particulier dans la forme de rhumatisme qui nous occupe.

On s'est beaucoup préoccupé pendant quelque temps de la thermalité des eaux ferrugineuses de Luxeuil, puis tout d'un coup cet enthousiasme s'est calmé ; cette thermalité, disait-on, n'était que factice, elle était due au mélange des sources salines thermales avec les sources ferrugineuses. Cela est vrai, en grande partie du moins, car les sources ferrugineuses isolées ont environ de 16 à 20 degrés ; mais ce mélange n'offre-t-il pas une grande richesse, les succès thérapeutiques que ces eaux nous donnent chaque jour en sont la preuve la plus évidente. Les anciens l'avaient bien compris, lorsqu'au lieu d'isoler ces différentes sources, ils avaient au contraire cherché à les unir, ainsi que l'a prouvé la réunion des différents griffons retrouvés dans l'ancienne construction du Puits romain. Si nous sommes bien informé, c'est pour arriver à un résultat analogue que, grâce à la bienveillante intervention de notre inspecteur général M. Mêlier, dont le nom est attaché à tout ce qui s'est fait de grand et de beau à Luxeuil, des travaux importants vont être bientôt repris sous la direction de notre habile ingénieur M. François.

Les eaux ferrugineuses, données en bains à Luxeuil, sont donc en effet un mélange d'eaux ferrugineuses et d'eaux salines, mais un mélange naturel, un mélange de deux eaux dont les propriétés thérapeutiques viennent s'ajouter les unes aux autres pour étendre leurs applications. Cette alliance d'eaux salines et d'eaux ferrugineuses offre des avantages tellement réels que, dans les établissements voisins, on ajoute souvent à l'eau saline des bains une préparation ferrugineuse pour imiter artificiellement cette richesse minérale, dont la nature a doté l'établissement de Luxeuil. Nous ajouterons encore que les différentes sources de Luxeuil renferment, comme on le sait, une notable quantité de manganèse, ce succédané de la médication ferrugineuse. En résumé donc, les eaux ferro-manganiques de Luxeuil seront employées avec succès, surtout chez les rhumatisants névropathiques chez lesquels on rencontre un état d'anémie plus ou moins prononcé.

Les eaux bicarbonatées sodiques ne me paraissent pas s'appliquer à une forme spéciale du rhumatisme : elles sont indiquées cependant pour les malades chez lesquels prédomine l'état dyspeptique ; c'est à peu près seulement dans ce cas que l'usage des eaux en boisson pourra être de quelque utilité. A propos des eaux bicarbonatées sodiques, nous mentionnerons seulement cette forme de rhumatisme assez fréquente, connue sous le nom de rhumatisme goutteux, les limites de ce travail ne nous permettant pas d'entrer dans les détails nécessaires à propos de la distinction entre la goutte et le rhumatisme.

Nous venons de parcourir les principales formes du rhumatisme, sans parler de certaines altérations organiques qui accompagnent souvent cette maladie : c'est surtout contre la menace de ces lésions matérielles que la médecine thermale doit être employée avec le plus grand discernement. Il faut, du reste, avoir bien soin de ne pas confondre les lésions qui accompagnent souvent le rhumatisme, avec les altérations organiques qui peuvent en être considérées comme des terminaisons. Nous ne confondrons pas, par exemple, les engorgements péri-articulaires, les épanchements synoviaux, l'endocardite rhumatismale simple, avec les ankyloses, les tumeurs blanches, l'endocardite avec épaisissement, induration des valvules. Les indications seront très différentes selon ces deux classes de lésions ; dans la première, en effet, c'est encore du rhumatisme que nous avons à traiter ; dans la deuxième, ce sont véritablement des maladies nouvelles qui demandent un traitement à part, et contre lesquelles les eaux minérales sont bien souvent employées sans succès.

Dans la première de ces catégories, dans les affections

qui viennent compliquer le rhumatisme, les eaux minérales seront soumises à des indications particulières selon le siège et la nature de ces affections ; lorsqu'il s'agira, par exemple, d'engorgements péri-articulaires ou d'épanchements synoviaux, nous aurons recours de préférence aux eaux sulfurées ou chlorurées sodiques fortes, telles que Baréges, Uriage, Bourbon-l'Archambault. L'endocardite rhumatismale offre, selon nous, des indications ou plutôt des contre-indications toutes spéciales ; les eaux sulfurées et les eaux chlorurées sodiques fortes seront, la plupart du temps, proscrites avec raison ; les moyens balnéothérapiques devront être aussi employés avec les plus grands ménagements et exigent une très grande surveillance. Les malades sujets à cette complication du rhumatisme se trouveront bien en général des eaux thermales peu minéralisées, chlorurées sodiques faibles, riches en matière organique, telles que Néris, Bains, Luxeuil : ces eaux devront être administrées en bains peu prolongés et à une température très modérée.

Dans les affections qui peuvent être considérées plutôt comme des conséquences, des terminaisons fâcheuses du rhumatisme, les eaux sulfurées très actives, les eaux chlorurées sodiques fortes pourront quelquefois rendre de grands services ; mais, comme nous venons de le dire, ces affections sont malheureusement le plus souvent rebelles à tout traitement thermal, et c'est parce que nous sommes convaincu de cette affligeante vérité, que nous ne saurions trop répéter, que le meilleur moyen de prévenir ces lésions matérielles est d'opposer au rhumatisme le traitement par les eaux minérales bien spécialisées, celui qui convient le mieux à chacune des formes de cette maladie.

Paris. — Imprimerie de L. MARTINET, rue Mignon, 2.

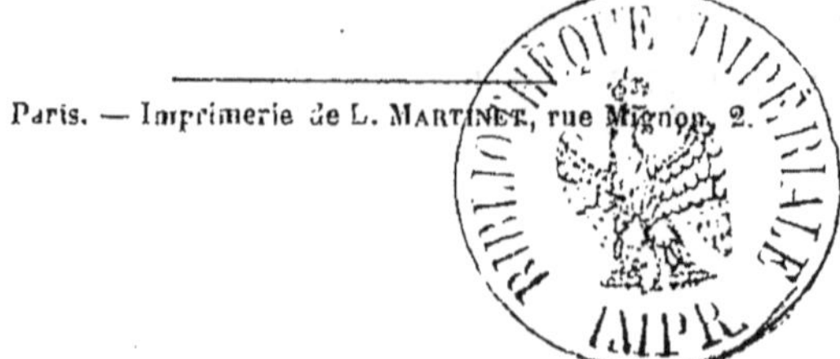